KB080717

적막

적막

박 남 준 시 집

창비

차 례

제3부

4부

제1부

왜가리

필경 넋이 난 것이다

한 점 온기도 남지 않은 앙금 같은 흰 재

또는 처절하도록 팽팽한 제 몸을 당긴 시위

저 부동은 어디에서 왔나 어디로 가는가

마른 연 줄기들 몸을 꺾은 겨울 방죽 가

오래전 고요한 외다리 왜가리

낡은 집

비닐봉지들 나뒹굴며 공중제비를 도는 집
작은 새가 날아왔다 쫓기듯 솟아오르는 집
오가는 발길이 기웃거리다 혀를 차며 돌아서는 집
장다리꽃 목 긴 꽃대가 홀로 서서 꾸벅거리는 집
그 집, 지치고 지쳐서 이제 비틀거리는 집

겨울 풍경

겨울 햇볕 좋은 날 놀러 가고
사람들 찾아오고
겨우 해가 드는가
밀린 빨래를 한다 금세 날이 꾸무럭거린다
내미는 해 노루꽁지만하다
소한대한 추위 지나갔다지만
빨랫줄에 널기가 무섭게
버썩버썩 뼈를 곧추세운다
세상에 뼈 없는 것들 어디 있으랴
얼었다 녹았다 겨울빨래는 말라간다
삶도 때로 그러하리
언젠가는 저 겨울빨래처럼 뼈를 세우기도
풀리어 날리며 언 몸의 세상을 감싸주는
따뜻한 품안이 되기도 하리라
처마 끝 양철지붕 골마다 고드름이 반짝인다
지난 늦가을 잘 여물고 그중 실하게 생긴
늙은 호박들 이집 저집 드리고 나머지

자투리들 슬슬 유통기한을 알린다

여기저기 짓물러간다

내 몸의 유통기한을 생각한다 호박을 자른다

보글보글 호박죽 익어간다

늙은 사내 하나 산골에 앉아 호박죽 끓인다

문밖은 여전히 또 눈보라

처마 끝 풍경 소리 나 여기 바람 부는 문밖 매달려 있
다고

징징거린다

따뜻한 얼음

옷을 꺼입듯 한겹 또 한겹
추위가 더할수록 얼음의 두께가 깊어지는 것은
버들치며 송사리 품 안에 숨 쉬는 것들을
따뜻하게 키우고 싶기 때문이다
철모르는 돌팔매로부터
겁 많은 물고기들을 두 눈 동그란 것들을
놀라지 않게 하려는 것이다

그리하여 얼음이 맑고 반짝이는 것은
그 아래 작고 여린 것들이 푸른빛을 잃지 않고
봄을 기다리고 있기 때문이다

이 겨울 모진 것 그래도 견딜 만한 것은
제 몸의 온기란 온기 세상에 다 전하고
스스로 차디찬 알몸의 몸이 되어버린 얼음이 있기 때
문이다
쫓기고 내몰린 것들을 껴안고 눈물지어본 이들은 알

것이다

　햇살 아래 녹아내린 얼음의 투명한 눈물자위를

　아 몸을 다 바쳐서 피워내는 사랑이라니

　그 빛나는 것이라니

화살나무

그리움이란 저렇게 제 몸의 살을 낱낱이 찢어
갈기 세운 채 달려가고 싶은 것이다
그대의 품 안 붉은 과녁을 향해 꽂혀 들고 싶은 것이다
화살나무,
온몸이 화살이 되었으나 움직일 수 없는 나무가 있다

쓰러진 것들이 쓰러진 것들과

고추밭에 고춧대들 다 쓰러졌다
홀로 비바람 견디기에 힘들었던가
아니라면 그 어떤 전율 같은 격한 분노에
몸을 온통 내던졌는가

내 기억의 뒤란에 쓰러져 누운 것들이 있지
오래 묵었으나 삭지 않아 눈에 밟히는 것들이 있지

작년 여름 쓰러져 죽은
미루나무 가지들 잘라 지줏대로 삼는다
껴안는구나
상처가 상처를 돌보는구나
쓰러진 것들이 쓰러진 것들과 엮이며 세워져
한 몸으로 일어선다
그렇지 그렇지
푸른 바람이 잎새들을 어루만지는구나

그 딱새가 열어 보인

하필 방문 앞 선반 위 집을 틀었는가
산전수전 저도 알고 있는 것이다
뒤탈 없다는 것
먹이를 물고 전선에 앉은
알록달록 딱새 한 마리 저건 수컷이다
괜찮아 어서 들어가
제 집을 가끔 들여다본 것 알고 있을 터인데
딱새는 내색하지 않는다 들어가지 않는다
내가 떠나지 않는 한 결코
삐이 ― 삐 ―
안다 저 소리 꼼짝 말라는 것
새끼들이 둥지에 죽은 듯 엎드려 있다는 것
기죽지 않는다 참으로 당당하다
삐이 ― 삐 ―
이제 그만 눈길을 거두지 않겠느냐
그쯤에서 저만큼 어디 피해주지 않겠느냐고

눈을 감고 들은 적이 있다
감은 눈을 뜨고 귀를 닫기도 했다
반쯤 감은 눈 그때쯤
새 한 마리 날아들고
강물이 흐르다 때로 범람하며 멈추었던 이야기를
풀어놓기도 했다

이사, 악양

결국 남쪽 악양 방면으로 길을 꺾었다
하루 종일 해가 들었다
밥을 짓고 국 끓이며
어쩌다 생선 한 토막의 비린내를 구웠으나
밥상머리 맞은편
내 뼈를 발라 살점을 얹어줄 사람의
늘 비어 있던 자리는 달라지지 않았다
이따금 아직도 낯선 아랫마을 밤 개가
컹컹거리며 그 부재의 이유를 묻기도 했다
별들과 산마을의 불빛들은
결코 나눌 수 없는 우주의 경계로 인해
밤마다 한 몸이 되고는 했다
부럽기도 했다 해가 바뀔수록
검던 머리 더욱 희끗거리고
희끗거리며 날리는 눈발을 봐도
점점 무심해졌다
겨울바람이 처마 끝을 풀썩 뒤흔들며 간다

아침이 드는 창을 비워두는 것은 옛 버릇이나
무덤을 앞둔 여우들이 그러했듯이
나 또한 북쪽 그리운 창을 향해 머리를 눕히고
길고 먼 꿈길을 청한다

적막

눈 덮인 숲에 있었다

어쩔 수 없구나 겨울을 건너는 몸이 자주 주저앉는다

대체로 눈에 쌓인 겨울 속에서는

땅을 치고도 돌이킬 수 없는 것들을 묵묵히 건뎌내는 것

어쩌자고 나는 쪽문의 창을 다시 내달았을까

오늘도 안으로 밖으로 잠긴 마음이 작은 창에 머문다

딱새 한 마리가 긴 무료를 뚫고 기웃거렸으며

한쪽 발목이 잘린 고양이가 눈을 마주치며 뒤돌아갔다

한쪽으로만 발자국을 찍으며 나 또한 어느 눈길 속을

떠돈다

흰빛에 갇힌 것들

언제나 길은 세상의 모든 곳으로 이어져왔으나

들끓는 길 밖에 몸을 부린 지 오래

쪽문의 창에 비틀거리듯 해가 지고 있다

몸을 바꾼 나무

그 나무가 죽었다
이제 그는 송홧가루 노란 꽃 편지 강물에 띄우지 못한다
그리하여 가장 고통스러운 것은
가지가 뚝뚝 비명처럼 꺾여도
낭자하게 흐르던 아픔을 느낄 수 없다는 것이다
도대체 고통이 없는 상처라니
그러므로 저 땅속 깊은 곳으로부터
푸른 물을 더이상 길어 올리지 못한다는 것이다
두레박의 끈을 당길 수 없는 나무

죽은 나무 줄기를 타고 칡덩굴이 감고 오른다
그가 수직의 삶으로 밀어 올리던 물줄기처럼
한땀 한땀 바늘처럼 말린 잎을 활짝 펼치며
머지않아 나무는 다시 살아나리라
한때 늙은 소나무였던 침엽의 몸이
넓은 잎의 덩굴성 목본식물인 칡나무의 몸을 빌려

도끼자루의 생애

그건 마치 원하지 않는 죽음을 내리쳐야 하는
망나니의 칼이나 망나니와 같다
도끼가 수직의 단말마를 가를 때마다
나무들은 속절없이 무너져갔다
단단한 것이 죄였다
도끼자루가 되어야 하는 태생을 원망하기도
때로 몸을 비틀어 도끼날을 떨어뜨리기도

도끼는 그때마다 더욱 깊이 옥죄어와서
무자비해졌다
신라의 마의태자 목을 매던 옛날
제 몸에 벼락을 내려달라던
천년 은행나무가 생각났다
빌고 또 빌었다 낡고 또 낡아갔다

도끼자루가 부러졌다
부러진 자루는 도끼날의 구멍 속에 깊이 박힌 채

도끼와 함께 불 속에 던져졌다
물푸레— 물푸레— 살아서 세상의 모든 강물
푸른 물 들이고 싶던 어린 물푸레나무는
아궁이 속 아주 잠시 푸른 불꽃이 되어서야
비로소 한 생애를 마쳤다

한 사내가 도끼자루를 구하러 톱을 들고 나선다

쓰러진 나무

강으로 난 길을 따라 바다에 이르렀다

오랫동안 흔들렸으므로 한 그루 나무가 쓰러졌다
작은 씨앗 하나 땅에 떨어져 어린 싹을 키우고
푸른 그늘을 드리우며 서 있는 일이란
사람이 태어나 걸어가는 알 수 없는 내일의 길처럼
허공중에 저마다 가지를 뻗으며 길을 내어가는 것이라
여겼다
이제 나무가 쓰러지고
스스로 밀어 올린 모든 길의 흔적은 한 점 남김이 없다
그렇다면 나무의 지난 시절은 한갓 덧없는 일이었는가

내일이나 아니면 오래지 않아
나는 톱과 낫을 들고 길게 길을 베고 누운
나무의 잠 속에 다가갈 것이다
그리하여 나무들은 아궁이 속에서
내 몸 안에 이처럼 훨훨 타오르는 불길을 가지고 있었

노라고
　　탁탁 소리칠 것이다
　　방바닥은 뜨겁게 달아오를 것이다
　　그 방에 등을 누인 내 잠의 어느 한순간
　　푸른 나무의 생애가, 그가 저 하늘을 향해 닦아가던
　　가지가지마다의 반짝이던 길들이
　　한번쯤은 보이지 않을까

　　굴뚝을 통해 춤을 추듯 솟아오르며 퍼져가는 연기들이
　　언뜻 나무의 푸른 그늘을 그려 보인다
　　한때 나의 젊은 날도 휘감기며 노을 속을 떠돈다
　　곧 밤은 깊어질 것이고 나는 그 밤의 어느 한자락을 베고
　　오랜 잠에 들 것이다

페루에 가서 죽는다 *

새를 보면 가끔 새들이 돌아가 죽는다는
페루의 바닷가를 떠올렸다
지리산 실상사 수월암 앞
산비둘기 두 마리 전깃줄 위에
_____&_____
_____&____

삶이 그렇게 저마다의 외줄기나 평행의 줄다리기라고
내게 말하는 것일까
멀리 천왕봉 푸른 그늘이 서늘한 소나무숲 아래
담배 한 개비 깊이 태워 문다
아름다운 시절은 한때이런가
_____&_____
_____

누가 너를 얽매고 있느냐 남아 있는 새
바람이 불고 전깃줄이 휘청거린다

산비둘기 한 마리 오래도록 흔들린다 그러다가 다시

_____

_____

처음부터 그랬다

거기 전깃줄 위 누가누가 살았던가

* 로맹가리의 단편 「새들은 페루에 가서 죽다」 제목 인용.

제2부

각

칼을 들고 목각을 해보고서야 알았다
나무가 몸 안에 서로 다른 결을 가지고 있다는 것
촘촘히 햇빛을 모아 짜 넣던 시간들이 한 몸을 이루며
이쪽과 저쪽 밀고 당기고 뒤틀어가며 엇갈려서
오랜 나날 비틀려야만 비로소 곱고
단단한 무늬가 만들어진다는 것
제 살을 온통 통과하며
상처가 새겨질 때에야 보여주기 시작했다

쓰러질 수 없는 다리

무너지지도 않은 다리를 본 적이 있다
오랜 가뭄 끝에 바닥을 드러낸 화순 근처의 저수지
물에 잠겼던 옛 마을에 발을 내렸던 날이 있었다
한때 밭둑을 이루었을 키 작은 돌담의 경계들과
죽은 나무의 잔재들 저만큼에 실개천을 가로지르는
그 다리, 저문 하루의 일손을 놓고 집으로 돌아가며
발목을 적시지 않고 건넜을 앉은뱅이 다리 하나
아직 저 눈곱만한 다리는
길을 되짚어 와야 할 누군가를 기다리고 있다는 것이다
저렇게 오랜 날들 물속에 잠겨서도 견디고 있었던 것
이다
어디선가 나를 위해 거두지 않은 사랑도 하마 늙어가
고 있을까

다리가 기억하고 있을 세상의 일들을 떠올렸다
다리를 건너 돌아오고 떠나갔을
어느 덧없고 잊혀진 것들에 대해
아마 나는 오래 묻고 또 물었을 것이다

영도다리 금강산 철학관

지금은 늙고 병들어 일으켜 몸 세울 수 없는 영도다리
그 아래 올망졸망 비닐덮개 낡은 차일을 치고
케케묵은 포장마차들이 판을 벌이고 있다
허름한 빈대떡과 삶은 달걀과
졸고 졸아 몇탕을 끓였을까 멀건 홍합 국물과
이 나라 구멍 난 주머니에 얹어터져 잔뜩 불은 국수 가
락들 사이에
1·4후퇴 때 건너왔는가
사주 관상 택일 금강산 철학관
30년 전통이라는 때 절은 흰색 페인트칠 간판
늙고도 늙었다 빛바랜 그 글씨

거기 때로 집 나가 돌아오지 않는 안부가 불려 나왔으
리라
너덜너덜한 신세들이 접고 접은 괴춤의 푼돈을 꺼냈으
리라
엎어지고 자빠진 팔자타령을 풀어놓았으리라

손바닥만한 금강산 그 어두컴컴한 방안에는
검은 안경을 쓴 점쟁이 할머니가 손가락을 꼼지락꼼
지락
옹알거리는 아이처럼 모로 누워 있는데
한번쯤 나 또한 문을 열고 싶었다
모질고 험한 세상의 일을 묻고도 싶었다
영도다리 푸른 물 너머 문득 금강산
굳세어라 금순이의 바람 찬 흥남부두
머나먼 땅의 소식도 물어보고 싶었다

오늘도 도청 앞 찍쇠는 환하다

도청 앞 구둣방
거기 아침부터 해질녘까지
노란 플라스틱 바구니 덜컹덜컹 끼고
구두닦이 심부름하는 찍쇠 그 청년
걸음걸이가 위태롭다
팔을 비틀고 다리를 옆으로 들썩거리며
춤을 추며 간다
달리는 차들 사이 곡예를 하듯
팔에 걸린 바구니
몸부림친다
저렇게 비틀거리면서도 쓰러지지 않는다니
내 낡은 삶 또한 저러해야 하리
봄이 가고 다시 겨울이 오고
두꺼운 잠바에 방울모자 쓰고
찍쇠 그 청년 삐걱삐걱 삐뚤삐뚤
나 그의 고된 바구니에 구두 한번 벗어주지 못했는데
띠리링 띠리링 일그러져 바람 새는

그의 목소리가 이고 가는 겨울 하늘
오늘도 도청 앞 찍쇠는 환하고 환하다

첫날밤

저건 애매미 소리다 여름,

뻐꾸기 한 마리 저만큼 전봇줄 위에 앉았다

그렇게 목 메는 것이라니 바람을 불러 모은 미루나무

작은 잎새들

일제히 흔들린다 모든 것들 내일을 향해 달려간다

개울가 딱 하루만 피었다 지는

각시원추리가 기다리는 첫날밤은,

주황빛 꽃불을 끄고 차린 신방을 엿보고도 싶은데

엿보고 말았다 꽃잎의 빗장을 닫은 그 방 뚝 떼어 들췄

더니

거기 글쎄 아그그그

아그들아 애들은 가라 눈을 감아라

그런 것이 아니라

각시원추리의 신방 속

아직은 작고 어린 별 하나가 막 잠들고 있었다

꿈꾸는 씨앗이 자라고 있었다

끊임없는 것, 기약하는 것,
삶이 그럴 것이다
아름다운 사람의 사랑도 그럴 것이다
내 사랑도 그럴 것인가
아니다 나는 틀렸다

당신을 향해 피는 꽃

능소화를 볼 때마다 생각난다
다시 나는 능소화, 하고 불러본다
두 눈에 가물거리며 어떤 여자가 불러 나온다
누구였지 누구였더라
한번도 본 적 없는 아니 늘 담장 밖으로 고개를 내밀던
여자가 나타났다
혼자서는 일어설 수 없어 나무에, 돌담에
몸 기대어 등을 내거는 꽃
능소화꽃을 보면 항상 떠올랐다
곱고 화사한 얼굴 어느 깊은 그늘에
 처연한 숙명 같은 것이 그녀의 삶을 옥죄고 있을 것이
란 생각
 마음속에 일고는 했다

어린 날 내 기억 속에 능소화꽃은 언제나
높은 가죽나무에 올라가 있었다
연분처럼 능소화꽃은 가죽나무와 잘 어울렸다

내 그리움은 이렇게 외줄기 수직으로 곧게 선 나무여
야 한다고
　　그러다가 아예 돌처럼 굳어가고 말겠다고
　　쌓아올린 돌담에 기대어 당신을 향해 키발을 딛고
　　이다지 꽃 피어 있노라고

　　굽이굽이 이렇게 흘러왔다
　　한 꽃이 진 자리 또 한 꽃이 피어난다

동백

동백의 숲까지 나는 간다
저 붉은 것,
피를 토하며 매달리는 간절한 고통 같은 것
어떤 격렬한 열망이 이 겨울 꽃을 피우게 하는지
내 욕망의 그늘에도 동백이 숨어 피고 지고 있겠지

지는 것들이 길 위에 누워 꽃길을 만드는구나
동백의 숲에서는 꽃의 무상함도 다만 일별해야 했으나
견딜 수 없는 몸의 무게로 무너져내린 동백을 보는 일
이란
곤두박질한 주검의 속살을 기웃거리는 일 같아서
두 눈은 동백 너머 푸른 바다 더듬이를 곤두세운다
옛날은 이렇게도 끈질기구나
동백을 보러 갔던 건
거기 내 안의 동백을 부리고자 했던 것

동백의 숲을 되짚어 나오네

부리지 못한 동백꽃송이 내 진창의 바닥에 떨어지네
무수한 칼날을 들어 동백의 가지를 치고 또 친들
나를 아예 죽고 죽이지 않은들
저 동백 다시 피어나지 않겠는가
동백의 숲을 되짚어 나오네
부리지 못한 동백꽃송이 내 진창의 바닥에 피어나네

꿈에서 깨어나니 왼쪽 무릎이 절뚝거리네

적시는 것이 있다 비명처럼 다가드는 것이 있다
소리 지르는 삶이란 아무래도, 그러기를 바랐는데

신발 한 짝이 보이지 않는다
알 수 없는 아이들이 왔다간 뒤의 일이다
깨금발을 딛고 사방을 헤맨다
깨금발의 발걸음은 자꾸 비틀거린다
문득 꿈을 깬다 문밖의 신발이 정말 사라진 것일까
마음에 걸린다 다시 잠에 빠져든다
여전하다 나는 깨금발을 겅중거리며 두리번거린다
확인해보았어야 했는데
어쩔 수 없다 꿈이 깨기 전에는 깨금발을 건더야 한다
정말 잃어버렸을지도 몰라
왼쪽 무릎이 아파온다
어서 깨어나야겠는데 아니 찾아야 하는데
도대체 이따위 꿈은 어디서 온 것이냐

왼쪽 무릎을 절뚝거린다

불안한 긴장이 그 길을 따라 쫓아온다

나비가 날아간 자리

나비는 사르릉 날아올라버렸다
망막 속에서 배추흰나비 한 마리 떠나버리자
거기 나비가 앉았던 자리 눈이 환하다
낙엽 부스러기들 그 자리
쓰다듬어본다
철 지난 갈잎들이 부서져 거름으로 돌아가고
깨알 같은 연초록빛 풀씨들
이제 막 깨어나고 있다
돌고 돈다
나 언젠가 쓰러져 거름으로 돌아가고
그 자리 흰나비 한 마리 날아오르고

겨울 편지를 쓰는 밤

무서리가 눈처럼 하얗게 내리던 날들이 지나갔다
툇마루에 떠다 놓은 물이 꽁꽁 얼음이 되는 날들도 있
었다
그 겨울밤 문밖에 나서면
쩡쩡거리는 소리가 들릴 듯한 푸른 별들 부끄러워서
고개를 묻던 날들이 있었다 반문처럼
그 별들에게 보이지 않는 길의 나침반을 묻기도 했었다

불쏘시개로 쓰던 잔 나뭇가지들이며 소나무잎들 다 떨
어진 지도 십여일에 가깝다 나무청의 나무들은 한 사흘
은 버틸 수 있을까 새벽부터 구들장이 한기를 느끼게 한
다 새우처럼 웅크린 채 미적거린다 새들이 또 흉을 보고
있겠지 갈퀴와 큰 자루를 찾아 들고 앞산에 오른다
　노란 소나무잎들 어느새 저렇게 수북하게도 떨어져 내
렸구나 나 여기 숲에 살며 그간 나무 한 그루 심지 않은
채 나뭇잎들 긁어가거나 새파랗게 살아 있는 나무들 베
어 오지 않았던가 내 한 몸 따뜻한 잠자리를 얻고자 그

나무들 깜깜한 아궁이 속에 들이밀고 불을 때며 살아왔
는데
　갈퀴를 내려놓고 한동안 우두망찰로 앉아 있었다 해가
뉘엿거린다 너 뭐 하니 저만큼에서 직박구리가 꾸짖음처
럼 날카로운 비명을 지른다 그래 나무하러 왔었지 갈퀴
나무 한 짐을 지고 서둘러 내려온다

　툇마루에 앉아 담배 한 대 불을 댕긴다
　뜰 앞에 무성하던 지난여름의 풀들이,
　나무들의 낙엽들이 경배를 하듯 낮게 엎드린 채
　다시 돌아올 거름으로 돌아가고 있다
　언젠가는 나도 그 길을 갈 수 있겠지
　무엇에게인가의 거름이 되어 돌아갈 수 있겠지
　하루해가 진다
　새들이 돌아간 겨울 저녁 숲에 적막처럼 어둠이 깃든다
　되뇌어본다
　이 겨울 나의 오늘이 참되지 않고 어찌 내일의 참됨을

바라랴

　편지를 써야겠다 세상의 모든 그리운 것들을 위하여
　올겨울 길고 긴 편지를 써야겠다
　내가 나에게 써야겠다 스스로를 사랑하지 않고
　세상의 그리운 것들에게 떳떳할 수 있겠는가
　뉘우침의 편지를 그리움의 편지를 쓰는 그 겨울밤
　밤새 세상을 하얗게 눈은
　흰 눈은 내릴 것이다 그 눈길 위에 첫발자국을 새기며
걸어
　편지를 전하러 갈 것이다 그 발자국을 따라 그리운 것
들이
　서로의 이름을 부르며 달려올 것이다

정리된 사람

집고 기워 해묵은 것 낡은 수첩을 바꾼다 거기 이미 지워져 안부가 두절된 이름과 건너뛰어 다시 옮겨지지 않는 이름과 이제 세상의 사람이 아닌 이름들이 있다 이밤, 누군가의 기억에도 내 이름 지워지고 건너뛰고 붉은 줄 죽죽 그어질 것이다

길

길이 빛난다
밤마다 세상의 모든 길들이 불을 끄고 잠들지 않는 것은
길을 따라 떠나간 것들이 그 길을 따라
꼭 한번은 돌아오리라 믿고 있기 때문이다

풍란

풍란의 뿌리를 만진 적이 있다
바람 속에 고스란히 드리운 풍란의 그것은
육식 짐승의 뼈처럼 희고 딱딱했다
나무등걸, 아니면 어느 절벽의 바위를 건너왔을까
가끔 내 전생이 궁금하기도 했다
잔뿌리 하나 뻗지 않은 길고 굵고 둥글고 단단한
공중부양으로 온통 내민 당당함이라니
언제 두 발을 땅에 묻고 기다려보았는가
저 풍란처럼 바람결에 맡겨보았는가
풍란의 뿌리로 인해 세상은 조금 더 멀어져갔지만
풍란으로 인해 얻은 것이 있다
한 평 땅이 없으면 어떠랴 길이 아닌들
나 이미 오래 흘러왔으므로

제3부

학생부군과의 밥상

녹두빈대떡 참 좋아하셨지
메밀묵도 만두국도
일년에 한 두어 번 명절상에 오르면
손길 잦았던 어느 것 하나
차리지 못했네
배추된장국과 김치와 동치미
흰 쌀밥에 녹차 한 잔
내 올해는 무슨 생각이 들어
당신 돌아가신 정월 초사흘
아침밥상 겸상을 보는가
아들의 밥그릇 다 비워지도록
아버지의 밥그릇 그대로 남네
제가 좀 덜어 먹을게요
얘야 한 번은 정이 없단다
한 술 두 술 세 숟갈
학생부군 아버지의 밥그릇
아들의 몸에 다 들어오네
아들의 몸에 다 비우고 가시네

밀양에 가서 눈물짓다

밀양 박가란다 그게 네 뿌리란다
잊지 말아라 예 아버지
나 그때 세상이 무섭지 않던 시절
아버지와 손잡고 밀양에 가지 못했다
당신도 꼭 한번은 가고 싶었으리
아이들 앞세우며 고향집을 찾듯
소풍처럼 밀양땅 길 함께 걷고도 싶었으리

얼마만인가요
아버지 하고 부르며 달려가 껴안을 수 없는 이름이여
오 아버지 밀양에 와서 당신을 부르네
혼자 걷고 보이는 것 목이 메었으나
함흥냉면도 소주잔도 두 몫을 청하였네
어서 드서요 오냐 오냐
너도 한잔하거라 예 아버지
나 이제 세상이 무서워지는 나이
아버지와 손잡고 밀양에 가고 싶었네
나 끝내 아버지와 손잡고 밀양에 가지 못했네

무덤 같은 집

　무덤 같은 집이 있다 한낮에도 빛이 들지 않아 불을 걸어야 하는 방이 있다 마당 가득 풀들이 우거지고 칡덩굴이며 머루덩굴이 지붕을 덮어내렸다 그 방안에 누워 아주 가끔은 떠나간 세상의 일들을 떠올렸고 도리질을 쳐대기도 했다

　문밖 소나무숲을 지나는 바람이나 새소리가 어둡고도 습한 방안의 오랜 정적을 휘저으며 긴 여음을 만들고는 했다 어쩌다가 인기척이 들리기도 했다
　인기척들은 두런거리며 마당을 가로지르다 빗장처럼 질러놓은 몽당 놋숟가락을 빼들고 녹슨 양철 문을 들춰보았다 그때마다 찌그러져 덜컹거리는 소리가 치욕의 순간처럼 비명을 지르고는 했다
　새까만 그을음이 덕지덕지 들러붙고 맞은편 바람벽이 동굴처럼 휑 뚫려나간 부엌은 한낮에도 깊은 어둠이 또아리를 틀고 호기심의 발길들을 들여놓지 않았다 아무도 살지 않는가봐 벽을 타고 들어온 말들이 귓가에 웅얼거

리다 멀어지고는 했다.

　늦가을 잔디가 마른 무덤을 보고 초가지붕을 떠올리기
도 했다 폭설이 자욱한 밤 집 뒤안 생나무가지들 우두둑
거리는 날 지붕이 견뎌낼까 집이 무덤이지 뭐— 그러던
날이 있었다

압록강에 배를 저어 나갔다

압록강, 그 강의 이름만 떠올려도
내 입에서 나온 말이 내 귀에 들려도
가슴이 저며오며 밀려오던 날이 있었다

거기 압록강변에 서서 압록강을 믿지 않는다
강의 이쪽과 저쪽 국경선에 건널 수 없는 철조망이
완강하리라 여겼다 그리하여 푸른 압록강물은
고통스럽게도 흐르고 있어야 했다 적어도
그래야 했다 보여줘야 했다
배를 타고 나아갔다 강 저편
결코 발을 내릴 수 없는 조국의 땅이 가까워진다

한 아이가 강에 나와 물장구를 치고 있네
아이의 아버지가 아이를 불러 등을 밀어주고 있네
내게도 저런 아이의 시절이 있었네
내 어린 등에도 저 아버지의 손길이 닿았던 적 있었네
뱃놀이는 그만 끝내야 하네

내가 탄 배는 그 앞을 흐르고 손을 흔들었네
열여섯 누이 같은 얼굴로
강가의 소녀들 손바닥 반짝이고 있었네

그 강가 멀어지며 젖은 눈에 가물거렸으나
나 아직 기억하고 있네 오래도록 흔들리던 작은 손,
가만히 내 오른 손바닥을 들어 흔들어보네

나무, 폭포, 그리고 숲

1

미루나무가 서 있는 강 길을 걷는다 강 건너 마을에 하나둘 흔들리며 내걸리는 불빛들, 흔들리는 것들도 저렇게 반짝일 수 있구나 그래 별빛, 흘러온 길들은 늘 그렇게 아득하다 어제였던가 그제였던가 그토록 나는 저 강 건너의 불빛들을 그리워하며 살아왔던 것이구나

저 물길의 어디쯤 징검다리가 있을까 한때 나의 삶이 강가에 이르렀을 때 강 건너로 이어지던 길, 산 너머 노을이 피워놓은 강 저쪽 꿈꾸듯 흐르던 금빛 물결의 길을 물어 흘러갔다

그 강가에 지고 피던 철마다의 꽃들이여 민들레여 쑥 부쟁이여 강 저편 푸른 미루나무는 바람에 흔들리며 손짓하고 그때마다 산 그림자를 따라 새들이 날아올랐다

새들, 새들의 무덤을 보고 싶었지 나무들이, 바람이, 저 허공중의 모든 길들이 풀어놓은 새떼들이 돌아가 눕는 곳 저 산, 저 물길이 다하여 이르는 곳일까 미루나무

의 강 길을 따라 걸었다 따뜻한 불빛들이 목이 메어왔다

    2

바람에 흔들리는 나무들, 흔들리며 손짓하는 나무들의
숲에 다가갔다 숲을 건너기에 내 몸은 너무 많은 것들을
버리지 못했다 지나간 세상의 일을 떠올렸다
내 안에 들어와 나를 들끓게 하였던 것들, 끝없는 벼랑
으로 내몰고 갔던 것들, 신성과 욕망과 내달림과 쓰러짐
과 그리움의 불면들
무릎을 꿇었다 꺾어진 것은 내 무릎만이 아니었다 울
먹울먹 울컥울컥 너도 어느 산천의 하늘에서 길을 잃었
던 것이냐 산비둘기의 울음이 숲을 멀리 가로지른다

    3

굽이굽이 흘러온 길도 어느 한 굽이에서 끝난다 폭포,
여기까지 흘러온 것들이 그 질긴 숨의 끈을 한꺼번에 탁

놓아버린다

다시 내게 묻는다 너도 이렇게 수직의 정신으로 내리꽂힐 수 있느냐 내리꽂힌 그 삶이 깊은 물을 이루며 흐르므로, 고이지 않고 비워내므로 껴안을 수 있는 것이냐 그리하여 거기 은빛 비늘의 물고기떼, 비바람을 몰고 오던 구름과 시린 별과 달과 크고 작은 돌이며 이끼들 산그늘마저 담아내는 것이냐

일생을 수직의 삶으로 살아왔던 것들, 나무들이 가만히 그 안을 기웃거린다

물가에 앉아 잠긴다 지나온 시간, 흘러온 내 삶의 길, 그 길의 직립보행에 대해 생각한다 당당했던가 최선이었던가 그 물가에 다가가 얼굴을 비춰본다

4

내 안의 그대 산다는 것은 가까이 혹은 멀리 마주 보고 있는 것 어깨를 끌어안고 다독여주는 것 말없는 이야기

도 가만히 들어주는 것 변함없는 것 나뉘지 않는 것 눈을
감을수록 밀려오는 것 밀려와 따뜻한 불빛으로 환하게
밝혀주는 것 그리하여 서로의 눈동자에 눈부처를 새기며
오래오래 잊지 않는 것 함께 가는 것

　　5

　비로소 숲을 이루는 것이다 나무와 나무와 나무와 그
대와 그대의 그대와 그대의 모든 것들과 나의 어제와 나
의 오늘과 나의 내일과
　그 숲 속에 눕는다 언제인가 숲이 눕고 숲이 다시 일어
났듯이 내 안의 삶들도 다하고 일어나기를, 오래 누웠던
자리에 숲의 고요가 머물렀다 한걸음 한걸음 그대 또한
그 숲에 멀어지거나 가까이 있었다

외삼촌 찾으러 갈 테다

장기수 할아버지들 북으로 떠나는 송별잔치에서
인사드렸던 몇분의 손에 건네주었다 이런 쪽지, 외삼
촌을 찾아주세요

> 박　　남　준: 시인, 1957년 전남 법성포 출생
> 아　　버　　지: 박상혁(1921년 음력 11월 8일생)
> 어　　머　　니: 이갑경(1924년 음력 9월 23일생)
> 외할아버지: 이희복(1902년생)
> 　　　　　　1957년 대남 공작원으로 남파
> 　　　　　　1961년경 검거
> 　　　　　　1962년경 대전교도소에서 옥사
> 이　　　　모: 이갑진
> 　　　　　　빨치산으로 활동
> 　　　　　　1954년경 대전교도소에서 옥사
> 외　　삼　　촌: 이순원(1927년 음력 7월 16일생) 아명은 용운,
> 　　　　　　황해도 해주에서 사신다고 함

나 태어나던 해 어느 밤

간첩이라는 이름으로 사위 집을 찾으셨던 외할아버지
외삼촌은 그때 해주 어디에 사신다 했지
외할머니는 아들과 함께 오지 않았다고 끝내 방 빗장
을 걸어 잠갔고
도란도란 딸과 사위 앉혀놓고 밀린 정담이나 나눴을까
김 나는 밥 한 그릇 목이 메어 어찌 드셨을까
외할아버지 통행금지 풀린 새벽길을 떠나셨다지
얼마나 무섭고 떨리는 밤이었을까 그 밤
얼마나 서럽고 가슴 미어지던 밤이었을까
몇년 후 그 딸네 집 풍비박산 났었지
끌려가고 두드려 맞고 서대문형무소 옥살이하고
불고지죄로 풀려나셨지요
사위가 장인을 신고 안한 죄
딸이 아버지를, 아내가 남편을 신고 안한 죄
어머니, 어머니는 어머니의 아버지 무덤도 모르신다지요

외삼촌의 얼굴 기억하는 이들 하나둘 세상을 뜨고

어머니와 막내이모 그만 두 분 남았는데
이산가족상봉 신청서 아들 몰래 내고
몇해째 무소식에 애 끓이시는 어머니 아직은 눈감지
마서요
당신이 그랬듯 나도 슬쩍 북으로 가는 인편에 소식 띄
웠는데
삼년이 지났어요 이 지척의 땅 이제 내가 가야겠어요
저 분단의 철조망이나 압록강을 무단 건너서라도
살았는지 죽었는지 양단간의 소식 기어이 물어올 테니
기다리서요 그날까지 꼭꼭 기다리서요

그 곱던 얼레지꽃
어느 정신대 할머니에 부쳐

다 보여주겠다는 듯, 어디 한번 내 속을 아예 들여다보
라는 듯
　낱낱의 꽃잎을 한껏 뒤로 젖혀 열어 보이는 꽃이 있다
　차마 눈을 뜨고 수군거리는 세상 볼 수 있을까
　꽃잎을 치마처럼 뒤집어쓰고 피어나는 꽃이 있다
　아직은 이른 봄빛, 이 악물며 끌어모아 밀어올린 새
잎새
　눈물자위로 얼룩이 졌다 피멍이 들었다
　얼레꼴레 얼레지꽃 그 수모 어찌 다 견뎠을까
　처녀로 끌려갔던 연분홍 얼굴에
　얼룩얼룩 얼레지꽃 검버섯이 피었다
　이고 선 매운 봄 하늘이 힘겹다 참 고운 얼레지꽃

따개비 일가붙이

여기 이렇게 집 지으면
한세상 이루며 살아갈 줄 알았다
변산반도 해창바다 너럭바위 한자락
대대로 터를 잡아 뿌리내려 왔는데
다들 떠나버렸다
큰 눈 꿈적거리며 다가와 가려운 등을 긁던 망둥어 영감도
긴 부리로 톡톡 쪼아대며 깜짝깜짝
낮잠을 깨우던 깝작도요의 종종걸음도
이제 오지 않는다 아니 올 수가 없다

목이 마르다
오늘도 푸른 바다내음 몇발자국 곁에서 멀어졌는데
붙박혀버린 몸,
떠나갈 발이 없다 날개가 없다 지느러미가 없다
용을 쓰고 애를 써도 벗어날 길이 없다 도리가 없다
오오 제발 우리를 좀 이 죽음에서 떼어다오

수평선의 바다에 훨훨 풀어다오

따닥따닥 따닥따닥
옹기종기 따개비들 철석같은 일가붙이
안간힘으로 소리친다 몸부림친다 바짝바짝 말라간다

유린당할 현수막

차, 차를 좀 세워줘 길을 가다 보았다
연둣빛 고운 바탕에 선명하게도 쓰인
베트남, 그 당당한 이름의 붉은 글씨
멀리서 언뜻 보인 베트남은 반가움과 궁금함으로 다가
왔으나
이내 몸서리쳤다 그 아래 선전문구

절대 도망 안감

해외결혼 정보회사 현수막이었다
연변의 조선족들이 필리핀 여자들이 도망을 갔을까
도망가지 않는다니 어떤 족쇄를 채워놓으려는가
지상에서 아메리카를 물리친 자랑스런 나라의 여인들이
돈에 팔려와 죄인처럼 수감이라도 된다는 것인가

베트남에 갔었다 베트남의 작가가 했던 말 잊혀지지
않았다

제대로 된 무기 하나 없이 오랜 전쟁을 치르는 동안
그 참혹한 시간 속에서도 사람들의 가슴에는 꿈이 있
었다고
그것은 그들의 영혼이 모든 고통받는 인류와 연결되어
있다고
그렇게 믿었으므로 견딜 수 있었단다
전쟁이 끝나고 사람들은 그 아름답고
빛나는 영혼으로 빚어내던 꿈을
장롱 깊숙이 넣어두고 자물쇠를 채운 채
어느 누구도 다시는 꺼내려 하지 않는단다

우리들의 지난 시절에도 그런 날들이 있었다
깃발이 되어 달려가며 이루려던 꿈이 있었다
베트남의 여자에게 덧씌울 도망갈 수 없는 족쇄와
그들의 장롱 깊숙이 넣어둔 꿈의 자물쇠를 생각한다
베트남, 유린당한 나라의 이름과
유린당할 여자를 내건 현수막을 생각한다

바람과 돌들이 노래 부를 때까지

그대를 향해 걸어가기 위해 제주에 왔네
관덕정에서부터 걸었네
명월 지나 애월바다 마라도며 다랑쉬오름
그대를 만나 서로의 눈동자에 눈부처를 새기고
함께 길을 가려 햇볕과 비바람의 날 걷고 걸었네
바람과 돌, 오름의 전설이 숨 쉬는 땅
내 눈 모자라 다 보고 또 못 보네
유년의 기억을 부르는 바람개비의 풍차가
가던 발길을 설레게 하며 멈추게도 했네
개발로 파헤쳐진 아름다운 곶자왈도 보았네
유채꽃 흔들리는 노란 꽃 그늘 아래 쓰러지던
할머니와 어머니와 어린 누이의 넋들이 손짓하기도 했네
붉은 철쭉꽃 아래 으깨어진
할아버지와 아버지와 내 형제들의 비명이 들려오기도
했네
쓰러진 것들이 일어나 함께 걷는 나 여기 제주에 왔네
그대를 향해 걸어간다는 것

바로 내 안의 생명과 평화를 얻기 위한 일

내 안으로 걸어가네

바람과 돌들의 말에 귀 기울이네 내 귀는 자꾸 가물거리는데

제주의 모든 바람과 돌들이

생명과 평화의 말로 노래 부를 때까지

걷고 또 걷겠네 그대에게 가는 길 멈추지 않겠네

카파도키아 흰 돌산

돌 속으로 걸어 들어간 사람들이 있었네
빛으로 나가기 위해 대지의 빛을 등진 이들이
망치와 정을 들고 바위의 단단함 속에
몸을 태워 등불을 밝혔던 사람들이 있었네
카파도키아* 숨어 있는 땅 괴뢰메**
고난의 은자들이 다가와
무수한 강물의 시간으로 나를 맞이하네
흰 산 흰 돌 거기 죽은 자들이
산 자들과 함께하며 안식을 얻어 누웠고
집이요 무덤이며 구원의 기도소였던 괴뢰메의 흰 돌산
삶과 죽음과 보이는 모든 풍경이 나누어지지 않고
한 몸을 이루고 있는 곳
나 어느 먼 전생의 길을 돌아
여기 누워 있었던가
돌 속의 길을 걸어왔던가
카파도키아, 흰 돌산에 해가 지네
삶이 어찌 한갓 머물고 가는 덧없는 것이라 하겠는가

카파도키아, 흰 돌산이 내게 걸어오네
내 몸 안에 산을 이루고 집을 이루고
무덤과 무덤들의 기도를 이루는 곳
카파도키아를 걸었네
카파도키아가 내 몸에 들어오네

* 터키의 한 지명.
** '숨어 있는 땅'이라는 뜻을 가진, 카파도키아에 있는 마을 이름.
   기독교도들이 건설했던 응회암지대 동굴사원의 아름다운 벽화
   들과 지하 도시가 있다.

그 섬, 오름 속에 일어선다

4·3 제주에서

기다려온 것들은 모여서 꽃을 피우는 것일까
견딜 수 없는 그리움들이 밀려가 쌓이는 곳
한때 나는 사랑을 잃고 쓰러진 별들이 떨어져 섬이 되
었다 여겼지
제 몸속의 불덩이를 식히려고
별들은 절명처럼 바다에 몸을 던진 것이라 여겼지

가눌 수 없이 타오르는 것들이 오름으로 솟았는가
저마다의 가슴에 불길의 봉화 피워 올렸던 섬
그 오름 속에 눕는다
매달리는 푸른 바람의 하늘은 변함없던 것이냐
오름 속에서 날아오르는 건 새떼들이 아니라
언제인가 퍼져나가며 지던 별들의 절망, 별들의 비명들
그 정처 없는 아우성이 꽃이 되어 오르는구나
키 작은 갯쑥부쟁이에서 키 큰 억새들까지
내 기억의 지도에 희미하던
별들의 깃발을 든 옛길들이

여기 꽃 하나하나의 생생한 얼굴이 되어 피어오르는구나

살아남은 물결들의 팽팽한 긴장이 이 섬을 이루었다
별들의 슬픈 메아리가 이 오름을 만들었다
오름 속에 눕고 별들이 일어났듯이
기다려온 것들은 모두 오름에 올라
별이 되어 꽃피운다 그 이름으로 반짝인다

명사산을 오르다

고비사막 돈황의 모래가 우는 산이라는
명사산에 올랐네
인생이 이렇게 발목이 푹푹 빠져드는 길이라면
서슴없이 대답할 것이네
일찍이 그만둬야 하는 것이 아니냐고
고개를 내저어보기도 했네 끄덕이기도 했네
산 넘어 모래바람 갈기 세우는 명사산에 엎드려
삶이 때로 늙고 힘 다하도록 능선에 올라 지친 땀 씻으며
걸어온 길 되돌아보는 일이라는 것
그렇게도 생각해보았네
명사산에 귀 기울였네
살아오는 동안 내 울음은 곡비처럼 너무 컸네
결코 울음소리 들려주지 않는 명사산
세상에 지친 이들이 여기 올라 모든 울음을 묻고 갔으리
안으로 울음을 묻고 묻어 산을 이룬 모래산
터덕터덕
낙타 등에 몸을 싣고 사막을 가던 날이 있었네

내 안에 있는 나무

나무를 생각한다 한 톨의 작은 씨앗이 대지에 태어나 어린 싹을 틔우고 뿌리를 내려 가지가지 무성한 잎새들 내밀기까지의 시간들 대지를 살찌우는 나무를 생각한다

지친 새들의 쉴 곳이 되어주고 그 가지에 집을 틀거나 몸을 내주어 구멍 속에 둥지를 짓게 해주는 나무를, 누군가의 허기진 배를 채워주는 나무를 생각한다

그리하여 몸을 바꿀 날이 찾아왔는가 어느 날선 벌목의 톱날에 베여 의자가 되고 식탁이 되고 침대가 되고 툇마루가 되고 책상이 되고 가난한 시인의 원고지가 되는 나무를 생각한다

작은 성당의 나무 십자가가 되고 절간 대웅전의 배흘림기둥이 되고 한 채의 집이 되고 안과 밖으로 통하는 문이 되고 이쪽과 저쪽의 단절을 이어주는 외나무다리가 되고 따뜻한 불길로 타올라 언 몸을 녹여주고 불빛으로 반짝이며 어둠을 밝혀주는 나무를 생각한다 한 줌 재로 돌아가는, 허공중의 연기로 돌아가는 나무를 생각한다

때가 되어 쓰러지고 다시 일어서는 나무를 생각한다 온통 사랑으로 가득 찬 나무를 생각한다

문밖은 여전히 하염없는 비, 툇마루에 앉아 비 뿌리는 풍경에 몸을 내민다 나무들은 이제 깊은 가을, 초록의 무성함은 어느덧 쓰러지고 붉고 노란 불길에 몸을 던지며 견딜 수 없는 절정을 이루고 있다 저 절정을 밀어올린 지난날들을 떠올린다 내 정신 속에 깃든 나무를, 마음속에 일어나 수없이 쓰러지고 일어서던 나무를, 그 사랑에 휩싸인 날들을 더듬는다

다시 나무를 떠올린다 가지 많은 나무를 생각한다 가지를 낮게 드리워 매달리는 아이들의 그네가 되고 목마를 태워주던 나무를 생각한다 시원한 낮잠을 재워주는 잠자리가 되고 바람과 새들의 노래를 들려주는 나무를 생각한다 꿈꾸는 나무를 생각한다

저녁이다 몸 저편으로부터 조용히 어둠을 맞이하며 내리는 소리, 내 안에 갇혀 있던 모든 나무들이 일어나 첼로의 낮은 현을 긋는 울음소리를 향해 비로소 눈을 뜨고 걷는다

을숙도 그 옛날 영화

옛날 영화에서 봤다
대한 사람 대한으로 길이 보전하세 애국가가 울려 날 때
허공을 가르며 비상하는 새떼,
새떼들의 을숙도 그 푸른 날갯짓을 기억한다
을숙도에 와서 본다
낙동강 1,300리 태백의 황지에서부터 흘러온 물길이
을숙도의 낙동강 하구언에 와서 갈 길을 잃는다
길이 막혔다 숨이 막힌다 안간힘으로도 넘어갈 수 없다
갇혀 죽은 물들의 주검들 떠돌며 맴도는 낙동강
너른 바다가 되지 못하는 낙동강물이여
죽음의 검은 강물에 새들 어찌 깃들 수 있을까
나 여기까지 걸어온 사람의 길이 있듯이
저 하늘에도 분명 건너가고 돌아오는 새들의 길이 있
을 것이다
새떼들이 돌아오지 않는 하늘은 얼마나 쓸쓸할 것인가
그 땅은 버려진 땅, 버림받은 하늘이다
무섭고도 끔찍하다 을숙도의 하늘에는

왁자지껄 노랑머리 스피커들의 소음들
새들의 노래가 발붙일 곳 없다
이제 더이상 영화관에서는 애국가를 틀어주지도 않는데
갯벌과 갈대와 새떼들의 을숙도에는
검은 아스팔트와 시멘트 건물과
쓰레기 매립장과 질주하는 차량들의 매연들 야금야금
좀먹으며 파먹으며 목을 죄어오는데
70밀리 총천연색 씨네마스코프 와일드 스크린
내 어린 날의 삼류극장 자주 필름이 끊기고 궂은비 내
리는
화면을 가득 메우고 날아오르던 새떼들
지금은 어느 하늘을 떠돌까
을숙도에 와서 자꾸 을숙 을숙,
그 새들의 안부가 궁금하고 궁금하다

생명평화 탁발순례의 길

굽이굽이 한걸음 또 한걸음 넘고 넘어 나가네
사람이 사는 마을에서 사람을 만나고
새들이 사는 숲에 들면 새들의 노래를 듣겠네
참회의 마음으로 걸어가네
병든 들녘, 신음하는 산천 껴안으며 깊이 고개 숙이고
가네

가슴 가득 희망의 불씨를 안고 가네
이 길, 생명평화 탁발순례의 길
넘치고 남는 것을 탁발하려는 것이 아니네
콩 한톨, 쌀 한줌 같이 나누려는
그 함께하려는 마음을 탁발하려는 것이네
지상의 뭇 생명을 품어 깨어나게 하는
오 어머니, 대지의 너른 품 안을 탁발하려는 것이네

김 나는 밥 한 그릇, 따뜻한 잠자리를 탁발하려는 것이
아니네

문전박대와 유랑걸식으로 허기를 채우고
지나온 길 되돌아보며 뉘우침으로 가려네
한숨과 탄식을, 고통과 절망의 이유에 귀 기울이며
햇살을, 달빛을, 별빛을 탁발하며 가겠네
지리산 노고단으로부터 한라산을
분단의 철조망 넘어 백두까지 이어진 내 나라의 길
비바람 불지 않으랴
어찌 눈보라 치지 않으랴
더운 땀 흐르지 않으랴
비바람 불면 비바람이 되어 가겠네
눈보라 치면 그 눈보라가 되어 가겠네
더운 땀 흐르면 그 더운 땀
이 나라 메마른 땅 적시고 흘러 강물처럼 나가겠네
싸움이 아닌 화해를
미움이 아닌 용서를
죽음이 아닌 생명평화로 나가는 길

주먹밥 한 덩이를 탁발하며 가겠네
정한수의 물 한 사발을 탁발하며 가겠네
뜨겁고 절절한 사랑을 탁발하며 가겠네
산과 강과 바다가 함께 사는
빛과 어둠과 대자연의 모든 것들이 함께 사는
상생과 조화의 길, 생명평화의 길
길에서 눕고 길에서 일어나며
처음과 끝이 나뉘지 않는 간절함으로 가겠네
한걸음 한걸음의 순례로 가는 길의 나그네가 되어
두 손 모아 가겠네 탁발하며 가겠네

제4부

늙은 너도밤나무

돌아오지 않는 편지를 보내던 날이 있었다
대답 없는 이름을 부르고는 했다

늙은 너도밤나무의 몸 안은 이제 텅 비어 있다
아주 가끔 그 곁에 앉아 겨울 해바라기를 했다
내가 나에게 묻는다
너도 너도밤나무이려는가

매미의 옛 몸

매미는 여전하다 아랑곳없이 울어대다니
하긴 그 얼마나 오랜 날들을 어두운 땅속에서
꿈틀거리는 애벌레로 굼벵이로 살아왔던가
날개가 돋아나기까지의 오랜 시간을 생각한다
금선탈각(金蟬脫殼)
나뭇가지 여기저기에
굼벵이의 몸을 벗고 날아오른 등이 찢긴 허물들
거기 바람이 머물 것이다 그 빈 몸속에
각질로 굳은 옛 매미의 몸속에
휘파람처럼 바람이 머물다 갈 것이다 날개처럼
며칠 남아 있지 않은 저 시한부의 절규처럼
그 노래처럼 반짝이며 붙박여 있는

삶이 어쩌면 빈 껍질일지라도
그렇게 꼭 움켜쥐어야 하는 것이라는 듯

전화

어째서 당최 기별이 없다냐
에미는 이렇게 보고 싶은데
어디 갔어 내 아들아
어딜 갔는고 이 더위에
몸조심허고 끼니 거르지 말고
뭐나 끓여 먹고는 있는지
니가 하늘에서 떨어졌냐 땅에서 솟았냐
에이고 참 무심도 허다
건강 조심허고 어치든지 몸 건강허고

전화기 속에서 징징거리는 늙은 여자가 걸어나온다
눈시울 훔치며 전화를 했던가
자동응답기 긴 장마에 젖어 지직거린다
문밖 궂은비 한차례 또 긋고 간다

쥐와 앵두가 묻기를

쥐와 함께 놀았네
밤새 숨바꼭질을 하다 다듬이 방망이로 퍽퍽
분풀이였네 죽음에 이르는 놀이였네
죽은 쥐는 주로 남의 것만 훔쳐 먹었으므로
뒤뜰 앵두나무 밑에 묻었네
앵두꽃이 피고 앵두가 익어가면
그 앵두 바라보며 죽은 쥐 생각하겠네
쥐가 몸을 바꿔 거듭난 앵두
앵두는 쥐를 먹고 나는 앵두를 먹고
앵두를 먹으며 생각해봐야겠네
내 몸에 들어와 나를 이루는 것들
쥐가 먹은 것들과 앵두가 먹은 것들과
나로 인해 드러나지 않아 보이지 않는 수많은 몸에 대해
내 몸을 바꿀 무엇에 대해

이름 부르는 일

그 사람 얼굴을 떠올리네
초저녁 분꽃 향내가 문을 열고 밀려오네
그 사람 이름을 불러보네
문밖은 이내 적막강산
가만히 불러보는 이름만으로도
이렇게 가슴이 뜨겁고 아플 수가 있다니

깨끗한 빗자루

세상의 묵은 때들 적시며 씻겨주려고
초롱초롱 환하다 봄비
너 지상의 맑고 깨끗한 빗자루 하나

별의 조문(弔文)
정채봉 선생께

별들이 쏟아져내리던 유성우의 새벽 하늘이 있었다 한
때 존재했으나 이제 그 몸의 이름을 버리고 세상의 곳곳
에 스며 지워지지 않는 각인처럼 아름답고 소중한 기억
의 뇌수가 되어 몸을 바꾼 별똥별들의 밤이 있었다

소원처럼 내려오누나
백발의 머리 풀고 먼 길 달려오는구나
당신 떠나는 길 차마 어찌할 수 없어서
제 몸을 수없이 베어 슬픔을 나누려고
제 몸을 화염불길에 두어 울음을 건디려고
하얗게 재가 되어 쌓이는 것들
별들의 그 맑은 다비
눈 내리는 날이었다
세상의 별똥별들이
지상으로 모두 내려앉던 그런 날이 있었다

가시나무의 기억

　나는 지금 이끌리듯 걸어가 가시나무 앞에 선다 나무와 나무의 곁 무너진 집터엔 한때 뜨겁게 달아올라 사람의 등을 품어주던 구들장이 검은 몸을 뒤집고 삐죽거린다
　가시의 몸속에 꽃을 품고 있구나 탱자나무 하얀 꽃무더기 바라보는 동안 새들은 가시나무 깊이 몸을 들이밀고, 독처럼 날을 세운 가시들 틈에서 곡예를 하듯 꽃들은 피어나고 있다

　문득 건너편 아이들의 웃음이 가시에 걸려 매달린다 햇살이 권태롭다 푸른 가시를 움켜쥔다 넌 네게 자유롭지 못해 가시들이 일제히 목을 지른다 손바닥에 피어나는 점점이 붉은 꽃
　탱자나무를 뒤로한 채 돌아선다 보이지 않을 때까지 아직 난 벗어나지 못했다

새들이 떠난 후

  새들은 결국 떠나갔다 마당 앞 참나무의 꾀꼬리도 미루나무의 파랑새들도 그들의 남쪽 옛집을 찾아 떠나갔다 돌아올까 철새들의 빈 둥지가 겨울을 재촉한다
  툇마루에 나앉은 햇살에 몸을 부린다 후드득 물들지 못한 잎새들 져 내린다 무엇이 저렇게 성급하도록 나무들의 몸을 재촉하는 것일까 어떤 견딜 수 없는 절박함이 자해처럼 스스로를 내모는 것일까
  지난여름 숲을 휘감으며 노래하던 절명의 매미들 이제 그 반짝이는 사랑 다 이루었는지 보이지 않는다 들려오지 않는 노래의 잔재들은 풀잎이며 나뭇잎들 아래 다시 돌아오리란 기나긴 맹서의 무덤을 쓰고 있겠지

  해가 짧다 노을도 없는 저녁이 문을 연다
  작은 몸부림이 문밖을 귀 기울인다
  악을 써볼까 고개를 내젓는다 불을 끈다

  깊어간다 잦아들었다 고요와 소리들의 사이에 삶은 늘

한걸음 비켜서 있었지 더듬어본다 후회 없는 삶이라니
쉬운 일이겠는가 담뱃불을 댕긴다 깊이 들이켠 불빛이
방안의 적막을 밝힌다 벌써 문밖이 푸르다

삼월 눈 속에 차를 마시다

산에 들에 꽃들 저만큼 노란 생강나무꽃 여기 분홍 진달래꽃 피어나더니 비바람 불고 우박, 진눈깨비, 함박눈 퍼부어댄다

사람 사는 일도 때로 그러하리
뜰 앞에 청매화꽃 홀로 피어 그 눈보라 다 아랑곳하지 않는구나
찻물을 달여 설중매 한 송이 차 한 잔 마시네
남실 기울이는 푸른 찻잔에 바람과 구름과 별빛
청춘의 여름이며 노을 붉던 가을
폭설의 지난겨울이 파랑을 이루며 찰랑거리네

문득 풍경 한 편을 떠올려보네
살아 지은 죄 안고 다시 돌아가는 날
한 그루 어린 나무 아래 누워야겠다 생각하네
그 나무의 가지가 되고 푸른 잎이 되어
새들의 노래에 귀기울여야겠네

사과나무라면 사과꽃을 피우겠네
감나무라면 붉은 홍시를 꽃등처럼 내달겠지
고운 꽃의 향기라면 바람 불러모아 구석구석 나누겠네
가지마다 익어간 열매들로 어느 가난한 아이의 배를
채우겠네

살아서는 다 쓰지 못한 나의 시 한 편
나 그때서야 한 그루 나무의 꽃으로 세상에 전하겠네

흰 노루귀꽃, 이미 나도 흘러왔으니

이제 뜰 앞의 산과 강 모든 들판은 꽃들의 세상
묵묵히 지난 시간의 겨울을 건더온 것들이
일제히 광장의 깃발처럼 지상에 나부낀다
얼굴을 맞대고 내걸린다

한 꽃이 피고 지고 그 꽃이 진 자리에 다음 생의 어린
꿈이 자라고 있다
한 꽃이 피고 지고 그 꽃이 진 자리 들여다보게 된 시간
까지를 흘러오는 동안
내 정신의 안과 밖
끊임없는 새들이 둥지에서 태어나고 푸른 하늘로 날아
올랐다
그동안 내 귀밑머리도 하얗게 흘러왔으리니
이미 나도 흘러왔으니

꽃이 질 무렵 올라오는 노루귀 새 잎새
흰 솜털 보송보송한 모습 꼭 노루귀를 닮았다

나도 이렇게 솜털 보송거리던 나이가 있었으리
그렇듯 나 이제 검은 머리 새하얀 불귀의 시간
잊어야 할 일들이 많다 노여움은 자주 오고
살아 있는 일은 한갓 덧없는 꿈같다
봄날, 내 곱고 붉은 사랑들은 일장춘몽이런가
언제였던가 그런 날이 있기나 했던가
까마득하다 가물거린다 아득한 어제다

한때 한 포기의 풀이라면 그 풀의 극점, 꽃처럼 살고자
했으나
줄기라면 잎새라면 아니 땅속 뿌리라면 또한 어떠리
모든 것들의 순간순간 저마다 극에 이르지 않은 것들
어디 없으리 꽃 피우고자 했으나 새순이 뽑힌들,
어린 봉오리로서 세상을 다한들 그들의 한때
아름답고 꼿꼿하지 않은 날들 어찌 없었으리

무수한 날들이다 그 안에 아직 숨 쉬고 있는 것이다

지금 여기, 너 무엇에 사로잡혀 있느냐
흰 노루귀꽃 한 송이가 봄날의 하늘을 건너고 있다
흰 노루귀꽃 한 송이가 흘러가고 있다

소

유용주에게

쓰러진 산을 넘고 폐수의 강을 건넜으리
검은 아스팔트들은 비바람을 부르고
따뜻했던 한 그릇 옛날의 고봉밥은 눈보라에 젖었으리
악물고 건너온 목울음이 으르릉 들려온다

길에 내몰리며 떠돌고 갈 곳 없던 자만이
도저한 그 길에 대해서 말할 수 있으리
다시금 모진 것들을 따뜻하게 껴안을 수 있으리
뒤틀리고 굽이치는 상처의 옹이 하나 없는 나무가
어찌 청산을 지킬 수 있으랴

꿈틀거려라
그래 악을 쓰마 인정하마 나도 잘못 살아왔다
온몸이 우레의 공명이 되어 달려가는 노래가
귓가에 쟁쟁하다

단속사지 정당매

봄날이었네
두고 벼르던 산청 단속사지 정당매 찾는 길
백석의 정한 갈매나무를 그려보던
두 눈 가득 기다리던 설렘이 내게도 있었네
거기 매화 한 그루
한 세월 홀로 향기롭던 꽃그늘은 옛 시절의 풍경이었
는가
두 탑만이 남아 있는 단속사지
텅 빈 그 꽃잎들
저 탑 위에도 꽃 사태는 일어 바람을 불러 모았으리
늙고 꺾인 수령 610년
잔설 같은 뼈만 남은 정당매여
네 앞에 서서 옛날을 기억해주랴 이름을 불러주랴
무상한 것들 어찌 사람의 일뿐일까
산중에 홀로 누웠네
별이 뜨기도 했네 별이 지기도 했네

먼 강물의 편지

여기까지 왔구나
다시 들녘에 눈 내리고
옛날이었는데
저 눈발처럼 늙어가겠다고
그랬었는데

강을 건넜다는 것을 안다
되돌릴 수 없다는 것도 안다
그 길에 눈 내리고 궂은비 뿌리지 않았을까
한해가 저물고 이루는 황혼의 날들
내 사랑도 그렇게 흘러갔다는 것을 안다
안녕 내 사랑, 부디 잘 있어라

■

해설

삶으로 밀고가는 시

이희중

0. 사람

　박남준 시인의 시는, 내가 아는 한, 그것을 쓴 사람과
많이 닮았다. 시인이 고른 말들은 꾸밈이 적고, 애초 그
기표가 지시하는 기의에서 멀리 떨어진 곳을 방황하지
않는다. 마흔보다 쉰에 가까운 나이와 이를 증명하는 머
리카락의 빛깔에도 불구하고 이 시인은 청년의 얼굴과
소년의 눈빛을 지녔다. 이는 그가 세속을 비껴선 삶을 살
아왔기 때문일 것이다. 그는 말은 많지 않으나 웃음은 많
은 사람이다. 다소 거친 음색으로 가끔 말을 하며 아주

가끔 천천히 비교적 큰 소리로 또 진폭이 큰 특유의 발성으로 노래를 부르기도 한다. 그는 번듯한 직장을 구한 적도, 가정을 꾸린 일도 없다. 세속의 가치를 애써 추구하지 않는다는 점을 산다면 그를 처사의 풍모를 지닌 자유인이라 불러도 좋을 것이다. 박남준의 직업은 세상에 아주 희귀한 '전업시인'이다. 사람이 함부로 자신이 아닌 누구를 다 안다고 할 수 있겠는가만은, 자신조차도 다 안다고 말할 수 없음을 또한 아는 바이지만, 그는 내가 전주에서 아홉 해를 지내면서 만난 썩 좋은 사람 가운데 하나이다. 지금은 저 남쪽 하동의 악양벌로 거처를 옮겼으나 그는 전주의 큰산, 모악산 자락에 오래 살았다. 나는 그의 옛집을 몇차례 방문한 적이 있고, 더러는 그의 집에서 밤새 술을 마시고 놀기도 했고, 그가 손수 지은 아침밥상에 마주 앉은 적도 있다. 그가 얻어 살았던 외딴 '오두막'은 무서울 정도로 호젓해서 온 산이 울릴 정도로 크게 노래를 부르거나 들을 수 있었다. 누가 선물했다는 고급 중고 전축은 모악산 한편을 뒤흔들기에 부족함이 없었고, 오래 모은 음반 가운데 그가 손수 가린 음악을 귀기울여 들으며 나는 남의 눈과 귀를 의식하지 않아도 좋은 자유로운 삶의 한 단면을 맛보았는데, 그 맛은 매혹적이었다. 아마도 그는 이런 유의 매혹에서 벗어나지 못해 혼자 떠돌며 지내는 것이리라. 사람 박남준 이야기는 이만 해야 하겠다. 사람을 알기로 치면 나보다 그를 백배쯤 잘 아는 이가 무수히 있을 터인데, 이 글을 내게 맡긴 시인의 뜻이 사람이 아니라 시에 대해 말하라는 것임이 분명하기 때문이다.

1. 가족

시는 도리 없이 삶의 체험을 담는다. 이 체험은 일차적으로 시인 자신의 체험이며, 여기에 듣거나 본 다른 사람의 체험이 더해진다. 이 체험은 예외 없이 말로 표현된다. 삶의 체험이라는 내용 또는 질료를 언어라는 형식 또는 그릇에 담는 것이 시라는 뻔한 사실에 반기를 들지 않는다면, 시를 대하는 시인의 태도를 보아 시인들을 나눌 수 있을 것이다. 삶과 말을 양쪽 끝에 두고 곧은 줄을 그어, 그 제1차원의 줄 위에 어떤 시인의 자리를 상대적으로 가늠해볼 수 있다. 이때 삶보다 말 쪽에 쏠린 시인은, 인간이 고유하게 지닌 말이라는 의사전달의 연장을 여러 방면으로 활용하면서 그 효용과 기술을 보여주는 묘미를 탐닉하는 사람이다. 이때 갖은 비유와 수사는 그 자체만으로도 큰 관심거리이자 장난감이 된다. 반면 말보다 삶 쪽에 치우쳐 '삶은 말보다 더 큰 것'임을 체현하는 시인들도 있다. 박남준 시인은 이쪽으로 분류될 것이다. 그의 말들은 이 연장 자체의 미학적 잠재력을 드러내 자랑하기보다는 시인의 마음속에서 진동 또는 미동하는 삶의 섬세한 결을 적어내는 데 봉사한다. 이런 취향의 시인에게 삶은 영원한 숙제이며 탐구의 대상이다. 우리 대부분에게 삶이 그러하듯이. 시에서 가족 이야기를 자주 하는 그는 삶에 치중하는 시인임이 틀림없다. 박남준 시인의 새 시집에서 가족 이야기는 눈여겨볼 만하다. 그는 스스로 가족을 만든 바가 없이 고향을 떠나 혼자 사는 사람이 아니던가.

밥상머리 맞은편
내 뼈를 발라 살점을 얹어줄 사람의
늘 비어 있던 자리는 달라지지 않았다

　　　　　　　　　　　　　　　　—「이사, 악양」부분

'없는 가족'에 대한 작품이다. 오래 혼자 살 사람은 혼자 밥 먹는 데 익숙해져야 한다. 박남준 시인은 아직도 혼자 사는 데 익숙하지 않은 모양이다. 그는 혼자 밥을 지어 먹으며 맞은편의 비어 있는 자리에 신경을 쓴다. 이 비어 있는 자리에 얽힌 이런저런 그리움과 불편함은 새

시집을 관류하는 중요한 줄기 가운데 하나이다. '비어 있
는' 자리의 '없는' 배우자를 수식하는 "내 뼈를 발라 살점
을 얹어줄"이라는 구절에서 이 불편함의 예사롭지 않음
을 알 수 있다. 이 구절은 "내가 생선의 뼈를 발라 그 살
을 그 사람의 밥숟가락 위에 얹어주다"와 "그 사람이 생
선의 뼈를 발라 그 살을 내 밥숟가락 위에 얹어주다"라
는, 상식과 생활에 기초한 뜻의 문장들과 복잡하게 부딪
히면서 한묶음의 의미 타래를 만들어낸다. 시인은 그가
바로, "내가 내 뼈를 발라 내 살을 그의 밥숟가락 위에 올
려줄" 사람이라고 한다. 이 과감하고 '엽기적'인 고백 앞
에서 우리는 놀랄 수 있을 뿐 다른 짐작의 단서를 찾기는
어렵다. 다만 다른 시편들을 참고할 때 시인이 어떤 운명
적 그리움에 사로잡혀 있는 것은 확실해 보인다.

> 그 사람 얼굴을 떠올리네
> 초저녁 분꽃 향내가 문을 열고 밀려오네
> 그 사람 이름을 불러보네
> 문밖은 이내 적막강산
> 가만히 불러보는 이름만으로도
> 이렇게 가슴이 뜨겁고 아플 수가 있다니
>
> ─「이름 부르는 일」 전문

외경(外景)과 심경(心景)을 가식이나 과장 없이 옮겨놓
아서 따로 보탤 말이 없다. 그 이름을 부르는 것만으로
스스로도 놀랄 정도로 가슴이 뜨거워지고 아픈 사람이
누구인지보다, 마흔을 여러 해 넘어서도 이런 사람을 이
런 방식으로 마음에 품고 사는 사람이 누구인지가 더 궁
금할 법하다. 위에 인용한 시에서 보이는 절절한 그리움
은 다른 시편들에서도 자주 보이는 바이지만, "그리움이
란 저렇게 제 몸의 살을 낱낱이 찢어/갈기 세운 채 달려
가고 싶은 것이다/그대의 품 안 붉은 과녁을 향해 꽂혀
들고 싶은 것이다/화살나무,/온몸이 화살이 되었으나
움직일 수 없는 나무가 있다"(「화살나무」)와 같은 구절을
각별히 참고하면, 이 그리움이 일정한 집착의 기미를 동
반하는 것임을 알겠다. 사랑의 대상을 절대화하는 짓은
낭만적 사랑의 습성이다. 이성주의자들에게 낭만적 사랑
은 철없는 시절에나 빠져드는 부끄러운 일이며, 세속을
떠난 이들에게는 번뇌의 상징이자 집착의 실마리이다.
이렇게 세속을 떠난 줄 알았던 사람의, 세속을 향한 예사
롭지 않은 눈길에 대하여 우리가 어떤 종류의 실망이나
호기심 또는 속물적 훈수의 염을 표시하는 일은 그만두
자. 속세를 미련 없이 떠나서 아무 갈등 없이 탈속을 살
아가는 사람은 사람이 아니다. 설령 사람이라 해도 우리

는 그런 사람에게 별 관심이 없다. 애초 나는 박남준 시인이 적극적으로 세속을 멀리하고 산다고 생각했다. 그런데 이 시집을 읽고 그런 생각을 회의하게 되었다. 바로 이런 구절 때문이다. 어쨌거나 시인은 밥상에 혼자 앉아 있음을 심히 의식한다. 이는 단순한 사랑의 욕망만 아니라 가족을 형성하려는 욕망의 발로로 볼 수도 있을 텐데, 어떤 장애가 그 충족을 가로막고 있는 모양이다. 그래서 그의 가족 이야기는 자연히 '원가족' 체험으로 거슬러오르는 것이다.

> 배추된장국과 김치와 동치미
> 흰 쌀밥에 녹차 한 잔
> 내 올해는 무슨 생각이 들어
> 당신 돌아가신 정월 초사흘
> 아침밥상 겸상을 보는가
>
> ──「학생부군과의 밥상」 부분

　설이 며칠 지난 새해, 아마도 설이라 하여 따로 고향을 다녀오지 않았을 시인은 복잡한 마음으로 아침밥상을 차린다. 인용하지 않은 구절을 참고하면, 아버지는 녹두빈대떡과 메밀묵과 만두국을 좋아하셨다. 이를 알면서도 시인은 배추된장국, 김치, 동치미, 흰 쌀밥, 녹차 한 잔 등 일상적인 아침 식단을 차리면서, 돌아가신 아버지의 상도 함께 보았다. 돌아가신 아버지를 상상 속에서 마주한 아침밥상은 그대로 제단이다. 제목과 본문에 쓰인 '학생부군'이라는 말이 이를 증명한다. 이 시의 결구 "학생부군 아버지의 밥그릇 / 아들의 몸에 다 들어오네 / 아들의 몸에 다 비우고 가시네"에서 보듯이, 상상 속에서 아버지는 당신을 위해 아들이 손수 차린 음식을 모두 자식에게 되돌려준다. 혼자 차리거나 받는 밥상에, 돌아가신 어버이를 모시는 이채로운 약식 제사 장면은 다른 시에서도 볼 수 있다. 자식은 고향을 떠나 타지를 떠돌며 아버지의 제사 참사를 자주 걸렀을 테고, 그 마음의 빚이 이렇게 드러났을 것이다. 찾아보면 "아버지 하고 부르며 달려가 껴안을 수 없는 이름이여 / 오 아버지 밀양에 와서 당신을 부르네 / 혼자 걷고 보이는 것 목이 메었으나 / 함흥냉면도 소주잔도 두 몫을 청하였네"(「밀양에 가서 눈물짓다」) 같은 구절에도 들어 있다. 여기서 시인은 자신의 본관인 밀양을 여행하면서 "밀양 박가란다 그게 네 뿌리란다 / 잊지 말아라"라는, 생시 아버지의 말씀을 떠올리고 아버지와 함께 와보지 못했음을 아쉬워한다. 그래서 먼 조상의 옛 터전에서 두 사람 몫의 음식과 술을 청해 간소히 아버지께 제사를 올린다. 타지를 떠도는 사람에게는 돌아가신 육친께나 살아계신 육친께나 자식의 도리를 다하지 못한 짐은 같을 것이다. 고향에 계신 시인의 어머니께서는, 도무지 통화를 할 수 없는 자식의 녹음전화기에 목소리를 남기셨다.

어째서 당최 기별이 없다냐
에미는 이렇게 보고 싶은데
어디 갔어 내 아들아
(…)
니가 하늘에서 떨어졌냐 땅에서 솟았냐
에이고 참 무심도 허다

—「전화」부분

이렇게 혈연의 계통에서 어느 한쪽, 거슬러오르는 '가족'의 얼굴이 시에 자주 등장하는 것은 시인이 성가(成家)하지 못했음에서 말미암은 죄의식 때문인지도 모른다. 그가 선택한 삶은 세속의 시시콜콜한 과업에서 자유로우나 댓가를 필요로 하는 것이다. 부모는 늙어가고 어느 때부터 우리도 늙어가기 때문이다. 우리의 자유는 대개 이런 유의 의무와 맞서 있다. 이런 유의 의무는 세속을 살아가는 일 그 자체라고 말해도 무방하리라.

2. 자연 안

박남준 시인은 이미 자연 안에 있다. 그러므로 그 또는 그의 시가 자연과 가깝다고 말해서는 옳지 않다. 우리가 자연을 호명하면 소나무와 대나무와 민들레와 쑥부쟁이와 조약돌과 누런 흙들을 뭉뚱그려 부른 것이다. 동시에 박남준 시인을 부른 것도 된다. 그는 스스로가 포함된 자연에 도취된 사람이다. 시인의 의식이 선택한 것이 아니라 애초 그렇게 살도록 예정된 것처럼 보일 정도이다. 그는 인공의 표시인 네모가 중첩된 사무실에서 일하지도, 아파트에 살지도 않는다. 전주 부근 같은 문화적 울타리 안의 동네에서 그와 가까이 지내는 지인들 대부분과 달리 박남준 시인은 자동차를 가지고 있지 않다. 그는 대중교통을 이용한다. 그의 거처는 항상 자연과 면해 있거나 자연 속에 있다. 시로도 알 수 있듯 소박한 끼니일망정 스스로 지어 먹으며 그 재료도 손수 재배한 것이 대부분이다. 그는 자연을 꿈꾸는 사람이 아니다. 스스로 자연 속에 있기 때문이다. 그가 오히려 세속을 꿈꿀 수 있는 이유가 여기에 있다. 집의 내부는 도시 버금가는 편의를 다 갖춘 채 허울만 좋은 '전원주택'이 아니라, 인간의 주거 가운데 가장 자연에 가깝다고 할 소박한 재래가옥에서 그는 산다.

자연의 한 부분인 박남준 시인이 자연의 다른 부분인 나무를 사랑하는 일은 자연스럽다. "푸른 나무의 생애가, 그가 저 하늘을 향해 닦아가던/가지가지마다의 반짝이던 길들이/한번쯤은 보이지 않을까"(「쓰러진 나무」)에는, 나무의 형상과 생태에서 연원하는 시인의 선망이 잘 드러난다. 나무는 하늘을 향해 길을 내고 있었던 것이다. 그 상승의 욕망과 선망은 이 시집의 도처에서 '수직'이라는 직접적 시어를 통해 표현된다.

> 죽은 나무 줄기를 타고 칡덩굴이 감고 오른다
> 그가 수직의 삶으로 밀어 올리던 물줄기처럼
> 한땀 한땀 바늘처럼 말린 잎을 활짝 펼치며
> 머지않아 나무는 다시 살아나리라
> 한때 늙은 소나무였던 침엽의 몸이
> 넓은 잎의 덩굴성 목본식물인 칡나무의 몸을 빌려
>
> ──「몸을 바꾼 나무」 부분

시인은 칡덩굴이 죽은 소나무를 감아 오르는 풍경을 유심히 보았다. 스스로 수직 상승의 꿈을 실현하지 못하는 덩굴식물은 다른 나무나 솟은 물체에 의지하여 같은 꿈을 실현한다. 죽어서 말라버린 소나무를 감아 오르며 칡은 소나무가 구현했던 생전의 몸짓을 그대로 복사할 수 있다. 시인은 이 장면을, 생명 잃은 남의 몸을 이용하는 데서 나아가 죽은 소나무를 소생시켰다고 본다. 소나무의 "바늘처럼 말린 잎"이 칡의 널따란 잎으로 "활짝 펼" 쳐진다고 하지 않는가. 이는 부활이고 환생이다. 이런 환생 또는 윤생의 계기는 이 시집에서 자주 보인다. 예를 들자면, 풍란의 뿌리를 만지며 "바람 속에 고스란히 드리운 풍란의 그것은/육식 짐승의 뼈처럼 희고 딱딱했다/나무등걸, 아니면 어느 절벽의 바위를 건너왔을까/가끔 내 전생이 궁금하기도 했다"(「풍란」)고 고백한다. 바람 속에 드러난 뿌리의 고통을 애처롭게 보는 것은 풍란의 생태와 닮은 자신의 삶을 애처롭게 보는 것과 같다. 그래서 자신의 전생이 풍란이 아니었을까 생각한다. 시인은 전생과 현생이 본질적으로 다르지 않다고 본다. 이런 환생의 회로에 자신이 적극적으로 가담하는 수도 있다.

　　살아 지은 죄 안고 다시 돌아가는 날

한 그루 어린 나무 아래 누워야겠다 생각하네

그 나무의 가지가 되고 푸른 잎이 되어

새들의 노래에 귀 기울여야겠네

— 「삼월 눈 속에 차를 마시다」 부분

시인은 나무 아래 묻히고자 한다. 썩어 흙으로 돌아간
육신은 어린 나무가 자라는 데 긴요한 자양이 될 것이다.
시인의 몸이 다시 어린 나무의 몸이 된다. 이는 박남준
시인이, 자신이 선망하는 나무의 꿈을 이루는 방식이다.

3. 다정

박남준 시인은 정이 많은 사람이다. 이 정 많음, 곧 다
정함은 시에서 자주 연민의 감정과 몸짓으로 드러난다.
사람들은 저마다 힘들게 한 세상을 살고 간다. 다정한 사
람은 이웃의 이런 고통에 흔쾌히 동참하면서 그들의 울
적한 마음을 눈길과 손길로 어루만지는 사람이다. 박남
준 시인의 새 시집을 자신이 살고 있는 세상의, 산 것과
아닌 것들에 두루 걸친 연민의 기록이라고 말해도 좋다.
"껴안는구나 / 상처가 상처를 돌보는구나 / 쓰러진 것들이

쓰러진 것들과 엮이며 세워져 / 한 몸으로 일어선다"(「쓰러진 것들이 쓰러진 것들과)와 같은 구절에서 시인의 연민은 예의 식물 또는 나무에 대한 선망과 만나고 있다. 이 시에서 쓰러진 한쪽은 "작년 여름 쓰러져 죽은 미루나무 가지들"이고, 다른 한쪽은 "쓰러졌으나 아직 죽지 않은 고춧대들"이다. 힘없는 무엇, 쓰러져가는 무엇에 대한 연민 또는 그와 나누는 동류의식은 민중적 상상력을 구성하는 핵이 된다. 이 시집의 3부에는 대사회적 전언이 두드러진 시편들이 고스란히 모여 있는데, 이들은 이런 연민과 동류의식이 확장된 성과이다. 시인의 '다정'한 시선을 계속 따라가보자.

　　아직 저 눈곱만한 다리는
　　길을 되짚어 와야 할 누군가를 기다리고 있다는 것이다
　　저렇게 오랜 날들 물속에 잠겨서도 견디고 있었던 것이다
　　어디선가 나를 위해 거두지 않은 사랑도 하마 늙어가고 있을까
　　　　　　　　　　　　　　　　—「쓰러질 수 없는 다리」 부분

가물어서 바닥이 드러난 저수지에서 시인은 옛 마을 터를 둘러본다. 거기에는 돌담의 흔적이 있고 죽은 나무들이 있고 낮고 작은 다리가 있다. 수몰지역에서 대부분의 인공물은 담수되기 전에 철거된다. 그러니까 멀쩡한 기와집이 저수지 속에서 용궁이 되는 일은 없다. 물이 찼을 때 부유하는 쓰레기가 될 수도, 물을 오염시킬 수도 있기 때문이다. 자연 지형과 구분되지 않는 낮고 작은 다리는 예외로 남았던 모양이다. 시인은 그 다리에 얽힌 "어느 덧없고 잊혀진" 사람의 일들을 떠올린다. 시인은 '눈곱만한 다리'가 오랫동안 물속에서 누군가를 기다리고 있었다고 생각한다. 여기에 사라진 것들, 잊혀진 것들에 대한 시인의 연민이 작용하고 있다. "어디선가 나를 위해 거두지 않은 사랑도 하마 늙어가고 있을까"는 다른 시행의 도움이 없어서 독자의 상상이 명료한 길로 진전하는 것을 막고 있기는 하나, 이 '사랑'을 이성간의 사랑으로 볼지, 아니면 혈육간의 사랑으로 볼지에 따라 해석의 길이 달라진다. 내게는 아무래도 이 사랑이, 이성간의 사랑은 아닌 듯싶다. 그렇게 읽으면 이 구절은 퍽 도취적인 어사에 그치고 말 것이다. 나는 이 구절을 문면이 가리키는 바 '늙어가는 사랑'이 아니라 '늙어가는 (이의 나를 위해 거두지 않은) 사랑'으로 바꾸어 읽으면서 그 '늙어가는 이'가 시인의 어머니가 아닌가 생각했다. 그렇다면 한때 사람들이 생광스럽게 사용하던 인공 구조물에 대한 연민은 기실 육친을 향한 미안함으로 길을 튼 것이된다. 이 시집을 읽다보면 시인이 스스로를 퍽 사랑하는 사람이라는 사실을 깨닫게 된다. 이는, "편지를 써야겠다세상의 모든 그리운 것들을 위하여 / 올거울 길고 긴 편지를 써야겠다 / 내가 나에게 써야겠다 스스로를 사랑하지 않고 / 세상의 그리운 것들에게 떳떳할 수 있겠는가"(「겨울 편지를 쓰는 밤」)와 같은 구절에서 직설적으로 드러난다. 그리고 기술적으로는 "꽃이 질 무렵 올라오는 노루귀새 잎새 / 흰 솜털 보송보송한 모습 꼭 노루귀를 닮았다 / 나도 이렇게 솜털 보송거리던 나이가 있었으리"(「흰 노루귀꽃, 이미 나도 흘러왔으니」)와 같은 구절에서 보는 바와 같이 구현된다. 이와 같이 풍경, 생물, 사물을 관찰하다가 느닷없이 고개를 돌려 자신의 내면을 들여다보는 습성을 다수 시편에서 보이는데 이런 특징도 같은 맥락 위에 있는 것이다. 이에 주목하자면 박남준 시인의 시에서 발견되는 연민의 눈길이 궁극적으로는 자신을 향한 것이라고 보아도 좋다. 여행을 좋아하는 시인이 동백꽃을 보러 갔다는데, 정작 보고 싶었던 것은 그게 아니었던 모양이다. 피를 닮은 색, 추운 겨울에 핀다는 특징, 질 때의 참혹함

등으로 강한 인상을 지닌 꽃인 동백을 보러가면서도 시
인은 "내 욕망의 그늘에도 동백이 숨어 피고 지고 있겠
지"라며 자신의 속사정을 잊지 않는다.

> 옛날은 이렇게도 끈질기구나
> 동백을 보러 갔던 건
> 거기 내 안에 동백을 부리고자 했던 것
>
> 동백의 숲을 되짚어 나오네
> 부리지 못한 동백꽃송이 내 진창의 바닥에 떨어지네
> 무수한 칼날을 들어 동백의 가지를 치고 또 친들
> 나를 아예 죽고 죽이지 않은들
> 저 동백 다시 피어나지 않겠는가
> 동백의 숲을 되짚어 나오네
> 부리지 못한 동백꽃송이 내 진창의 바닥에 피어나네
>
> ──「동백」 부분

'부린다'는 내려놓는다는 뜻이다. 시인은 '내 안'에 있
는 너무 많은 동백꽃을 내려놓기 위해 '동백의 숲'에 갔
다. 그러나 무슨 영문인지 다 부리지 못하고 돌아나온다.
꽃이 진, 또 지는 참혹한 장면을 차마 볼 수 없어서이리

라. 그래서 "부리지 못한 동백꽃송이"는 도리 없이, 여전히 "내 진창의 바닥에 떨어"진다. 마지막 연 3~5행에 걸친 한 문장은, 다소간 난맥이 있긴 하나 '동백의 가지를 아무리 쳐내봐야 피는 동백을 말릴 수 없으며, 나를 거듭 죽여야지만 동백을 피지 않게 할 수 있다'라는 대의와 다른 것일 수 없다. 시인의 동백꽃 구경은 소기의 목적을 이루지 못한 채 끝났다. 시인은 자신의 마음속에서 끝도 없이 피어나는 동백을 다스리는 데 실패했다. 다시 돌아가 읽어보면, 동백은 '격렬한 열망'이 피우는 꽃이다. 결국 그가 실패한 것은 여행이 아니라, 마음속 격렬한 열망을 다스리는 일이었던 것이다.

4. 엄살

이 시집을 읽다보면 시인의 기세가 여전하지 않음을 느끼게 된다. 운명적 그리움에조차 서서히 황혼이 드리우고 있다는 낌새가 느껴지기도 한다. '쓰러짐'에 관한 시들, '비틀거림'에 관한 시들이 많은 것도 이런 짐작을 거든다. 그러나 박남준 시인과 그의 시를 사랑하는 사람들은 미세할지라도 때이른 쇠락의 징후를 양해하거나 용서

할 생각이 없다. 이 증세가 일시적인, 근거 없는 조로 현
상임을 알기 때문이다. 다음처럼 지나치게 아름다운 시
로 시인이 독자에게 전하려는 말은 무엇일까.

여기까지 왔구나
다시 들녘에 눈 내리고
옛날이었는데
저 눈발처럼 늙어가겠다고
그랬었는데

강을 건넜다는 것을 안다
되돌릴 수 없다는 것도 안다
그 길에 눈 내리고 궂은비 뿌리지 않았을까
한해가 저물고 이루는 황혼의 날들
내 사랑도 그렇게 흘러갔다는 것을 안다
안녕 내 사랑, 부디 잘 있어라
—「먼 강물의 편지」 전문

아니다. 아직은 아무것도 끝나지 않았다. 그것은 강이
아니었다. 아직은 되돌릴 수 있다. 당신의 사랑은 흘러가
지 않았다. 당신의 사랑은 조만간 다시 시작되리라. 시인

은 독자들한테서 이런 잔소리 또는 위로를 듣고 싶었던
것이 아닐까. 우리는 다음과 같은 구절에서 '흔들리며 반
짝이는 불빛들'과 '이 불빛을 향한 그리움'이 영원히 젊고
싱싱하기를 바란다.

　　미루나무가 서 있는 강 길을 걷는다 강 건너 마을에
　하나둘 흔들리며 내걸리는 불빛들, 흔들리는 것들도
　저렇게 반짝일 수 있구나 그래 별빛, 흘러온 길들은 늘
　그렇게 아득하다 어제였던가 그제였던가 그토록 나는
　저 강 건너의 불빛들을 그리워하며 살아왔던 것이구나
　　　　　　　　　　　　　　　　　—「나무, 폭포, 그리고 숲」부분

　　강은 그리움의 주체와 대상을 나누고 있는데, 이는 속
세와 탈속을 나누는 것과 다르지 않다. 이 장면을 탈속에
서 세속을 그리워하는 장면으로도, 동시에 세속에서 탈
속을 그리워하는 장면으로도 읽을 수 있다. 이런 역이 성
립하는 까닭은 강의 이쪽에 있든 저쪽에 있든 우리의 삶
이 항상 흔들리는 것이기 때문이다.

　　　　　　　　　　　　　　　　　李熙中 | 시인, 문학평론가

125

■
시인의 말

　사십대에 내는 마지막 시집이다. 불혹의 얼굴이 궁금
하던 날이 있었는데 어느새 반백의 머리칼, 오십을 지척
에 두고 있다. 오십이 되면 내 시가 좀 변해지기는 할 것
인가.

　어둡고 습한 모악산 외딴집에서 쓴 시들과 이곳 따뜻
하고 환한 지리산 자락으로 이사를 와서 씌어진 시들을
보태고 작년 생명평화 탁발순례 길에 쓴 시편 중 몇편을
덧붙여 엮었다.

　시를 찾아, 시에 갇혀, 결국 여기까지 왔다.

2005년 겨울 지리산 자락 악양에서
박남준

창비시선 256

적막

초판 1쇄 발행 / 2005년 12월 7일
초판 14쇄 발행 / 2023년 4월 24일

지은이 / 박남준
펴낸이 / 강일우
편집 / 김정혜 안병률 강영규 김현숙
미술·조판 / 윤종윤 한충현
펴낸곳 / (주)창비
등록 / 1986년 8월 5일 제85호
주소 / 10881 경기도 파주시 회동길 184
전화 / 031-955-3333
팩시밀리 / 영업 031-955-3399 편집 031-955-3400
홈페이지 / www.changbi.com
전자우편 / lit@changbi.com